Cuidado con lo que deseas

Colección cuentos Solidarios

Número 13

Cuidado con lo que deseas

Texto/Written by:

Ariadna Santana Fiérrez

Ilustraciones/Illustrated by:

Kilian González Cardona

Traducción/Translated by:

Bianca Manuela Sandu

ULPGC
Universidad de Las Palmas de Gran Canaria | Servicio de Publicaciones y Difusión Científica

Fundación MAPFRE Canarias

2024

Colección **Cuentos Solidarios**, número 13

© **del texto:**
Ariadna Santana Fiérrez
© **de las ilustraciones:**
Kilian González Cardona
© **de la traducción al inglés:**
Bianca Manuela Sandu

© **de la edición:**
Universidad de Las Palmas de Gran Canaria
Fundación Mapfre Canarias

1ª edición, 2024
Edición bilingüe español-inglés

Realización:
Servicio de Publicaciones
y Difusión Científica de la ULPGC

ISBN: 978-84-9042-530-5
Depósito Legal: GC 519-2024

Impresión: Advantia, Comunicación Gráfica, S.A.
Impreso en España. *Printed in Spain*

Esta editorial es miembro de la UNE, lo que garantiza la difusión y comercialización de sus publicaciones a nivel nacional e internacional

SANTANA FIÉRREZ, Ariadna
Cuidado con lo que deseas = [Careful what you wish for] / texto = written by, Ariadna Santana Fiérrez ; ilustraciones = illustrated by Kilian González Cardona ; traducción = translated by Bianca Manuela Sandu. -- Las Palmas de Gran Canaria : Universidad de Las Palmas de Gran Canaria, Servicio de Publicaciones y Difusión Científica : Fundación Mapfre Canarias, 2024
56 p. ; 21 x 21 cm. -- (Cuentos solidarios; 13)
ISBN 978-84-9042-530-5
I. González Cardona, Kilian, il. II. Sandu, Bianca Manuela, trad. III. Universidad de Las Palmas de Gran Canaria, ed. IV. Fundación Mapfre Canarias, ed. V. Título VI. Título: Careful what you wish for VII. Serie
821.134.2-36
821.111-36
Thema: FYB, YFB, YFU, 2ADS, 2ACB

Índice/Contents

Presentación

Te encuentras, amable lector o lectora, ante un nuevo fruto de un proyecto sociocultural ilusionante que pusieron en marcha la Universidad de Las Palmas de Gran Canaria y la Fundación MAPFRE Canarias hace ya trece años, un concurso de *Cuentos Solidarios* cuya finalidad es la publicación, con fines benéficos, de relatos dirigidos a un público infantil en los que se conjuguen la calidad narrativa y la transmisión de valores. Todo el proyecto, en efecto, está teñido de un espíritu solidario, pues en él colaboran, de modo altruista, la autora, las traductoras y el ilustrador, y todos los beneficios de las ventas se destinan a la organización no gubernamental radicada en Canarias o en el continente africano que ha seleccionado la autora del cuento ganador, en este caso, la *Asociación Canaria Sociosanitaria Te Acompañamos*, una organización sin ánimo de lucro

Foreword

Dear reader, you now find yourself before the latest outcome of an inspiring socio-cultural project initiated by Universidad de Las Palmas de Gran Canaria and Fundación MAPFRE Canarias thirteen years ago: a *Solidarity Stories* competition aimed at publishing, for charitable purposes, tales intended for a young audience, blending narrative quality with the transmission of values. The entire project is imbued with a spirit of solidarity, as it brings together, in a selfless manner, the author, the translators, and the illustrator, with all profits from sales being donated to the non-governmental organisation based in the Canary Islands or on the African continent, chosen by the author of the winning story. In this case, the chosen beneficiary is the Canary Islands public health Association 'Te Acompañamos', a non-profit

implicada en la lucha contra las situaciones de exclusión social.

En *Cuidado con lo que deseas*, el cuento ganador de esta XIII Edición, Ariadna Santana Fiérrez despliega con maestría y con cierta dosis de suspense una historia que tiene mucho que ver con uno de los asuntos candentes de nuestro tiempo, la irresistible atracción que ejerce sobre nosotros, desde edades cada vez más tempranas, la tecnología, y en especial la de los teléfonos móviles o las *tablets*, que nos permiten, sí, estar en todo momento conectados con quienes queremos, pero pueden acabar alienándonos de nuestra vida y de la relación enriquecedora con quienes nos quieren, haciéndonos perder unos momentos de felicidad que serán más tarde irrecuperables. La protagonista de la historia, una niña que celebra precisamente su décimo cumpleaños, aprenderá, gracias a su familia y con un poco de magia, que las cosas tienen su tiempo, y que es preferible disfrutar de cada momento de la vida sin querer quemar etapas demasiado aprisa.

Además de estos valores humanos que nuestros libros transmiten, los cuentos sirven también como

In *Careful what you wish for*, the winning story of this XIII Edition, Ariadna Santana Fiérrez skilfully weaves a tale, with a touch of suspense, that resonates deeply with one of the pressing issues of our time: the irresistible attraction that technology exerts over us, drawing us in from an increasingly young age, particularly through mobile phones and tablets. While these devices enable us to indeed stay connected at all times with those we care about, they can also estrange us from our own lives and the enriching relationships with those who love us, causing us to miss out on moments of happiness that will later prove irreplaceable. The protagonist, a young girl celebrating her tenth birthday, learns, thanks to her family and a bit of magic, that everything has its time, and that it is far better to savour each moment in life than to rush ahead too quickly through its stages.

Beyond the human values conveyed through our books, these stories also serve as

instrumento didáctico para complementar el aprendizaje de lenguas extranjeras, un valor emergente en nuestra sociedad y nuestra cultura. Por eso la obra se distribuye en tres ediciones bilingües, en las que han colaborado como traductoras Bianca Manuela Sandu, Véronique Guillén Archambault y Lili Wang, que se han ocupado de las versiones al inglés, francés y chino, respectivamente. El libro se ha enriquecido, además, con las preciosas ilustraciones de Kilian González Cardona.

Deseamos, en fin, expresar nuestro agradecimiento a quienes han formado parte de este proyecto, que esperamos que siga contribuyendo a desarrollar el espíritu solidario en nuestra sociedad.

Y poco más es lo que tenemos que decirte. Si acaso, que disfrutes con la lectura del libro y que nos ayudes a difundir este proyecto hablando de él a otros, o incluso adquiriendo algún otro ejemplar que seguro que hará felices a otros lectores. Y hasta participando en él, si te ves con ánimo, en futuras ediciones…

a didactic tool to complement the learning of foreign languages, an increasingly significant asset in our society and culture. For this reason, the work is available in three bilingual editions, with translations into English, French, and Chinese by Bianca Manuela Sandu, Véronique Guillén Archambault y Lili Wang. The book has been further enhanced with the delightful illustrations of Kilian González Cardona.

Finally, we wish to express our gratitude to all those who have participated in this project, who we hope will continue to foster a spirit of solidarity within our society.

And there is little more to add, other than to wish you an enjoyable reading experience. We encourage you to help us spread the word about this initiative by sharing it with others, or perhaps by purchasing additional copies that will surely bring joy to other readers. And who knows, perhaps you may even feel inspired to participate in future editions…

Cuidado con lo que deseas
Careful what you wish for

Todo comenzó en un día muy especial para la familia Rivera, el décimo cumpleaños de la pequeña Athenea. En una mañana muy soleada, todos los habitantes de la casa estaban durmiendo, y no se escuchaba ni una mosca en todo el vecindario. Cuando, al cabo de unos minutos, se escuchó a lo lejos el sonido del teléfono: ¡ring ring ring!, Athenea, que era la que tenía el sueño más ligero, se despertó, se levantó sobresaltada de la cama, corrió lo más rápido que pudo hasta llegar a las escaleras, saltó los escalones de dos en dos y alcanzó a descolgar el teléfono.

It all began on a very special day for the Rivera family: little Athenea's tenth birthday. On a sunny morning, all the members of the house were still asleep, and not a sound could be heard throughout the neighbourhood. When, a few minutes later, the distant ringing of the telephone broke the silence: *ring ring ring!*, Athenea, who was always the lightest sleeper, awoke with a start. She leapt out of bed, dashed as fast as she could towards the staircase, ran down the steps two at a time, and managed to reach the phone just in time.

—¿Sí? ¿Quién es?
—respondió Athenea agitada.
—¡Cumpleaños feliz,
cumpleaños feliz,
te deseo yo a ti,
cumpleaños feliz! —le
cantó la abuela María
con gran entusiasmo.
—¡Ay, yaya, te has
acordado!, pensé que se
te olvidaría.
Ya me estoy haciendo
muy mayor —respondió
Athenea muy ilusionada.
—Claro, mi niña, recuerdo
cuando eras como un
garbanzo y te sostenía
entre mis brazos. Tú eras
muy buena y lo sigues siendo.
No cambies nunca. Siento
mucho no poder acompañarte
en este día. Sabes que
tengo muchas obligaciones
que cumplir. Desde que
tenga un hueco iré a verte,
te lo prometo, y recuperaremos
juntas el tiempo perdido.

"Hello? Who's there?"
Athenea answered breathlessly.
"Happy birthday to you,
happy birthday to you,
happy birthday dear Athenea,
happy birthday
to you!" sang Grandma María
with great enthusiasm.
"Oh, Nana, you remembered!
I thought you might have
forgotten. I'm getting so
old now," replied Athenea,
brimming with excitement.
"Of course, my darling.
I remember when you
were as small as a peanut,
and I was holding you
in my arms. You were
such a good girl, and you
still are. Never change.
I'm so sorry I can't be with
you today. You know I have
many commitments to fulfil.
But as soon as I have a free
moment, I promise I'll come
to see you, and we'll make
up for lost time together.

Cariño, te deseo con todo
mi corazón que todos tus
sueños se hagan realidad
y que disfrutes mucho con
tus amiguitos y amiguitas
esta tarde. Ya me contarás
cómo disfrutaste de tu día,
un beso enorme —respondió
la abuela muy emocionada.
—Gracias, abuela. Te quiero
mucho, nos vemos pronto
—contestó Athenea con
añoranza, suspiró y colgó
el teléfono.
La conexión especial entre
Athenea y su abuela era
más que evidente. La niña
confiaba plenamente en ella
y era la persona que mejor la
entendía del mundo. Ella sabía
perfectamente cómo calmarla
ante la tempestad o cómo
apoyarla cuando más lo
necesitaba. Esta complicidad
se debía a que desde que
tenía un año la encargada de
su cuidado había sido su abuela,
ya que sus padres trabajaban sin

My dear, I wish with all
my heart that all your
dreams come true and that
you have a wonderful time
with your dear friends this
afternoon. You'll have to tell
me all about it later. "A big kiss",
replied her grandmother,
her voice filled with emotion.
"Thank you, Grandma.
I love you very much.
See you soon," Athenea
responded wistfully, sighing
as she hung up the phone.
The special connection between
Athenea and her grandmother
was more than evident. The little
girl fully trusted her; she was
the one who understood her
best in the world. She knew
exactly how to soothe her in
times of distress or support
her when she needed it most.
This bond had formed because,
from the age of one, her
grandmother had been
responsible for her care,
as her parents worked tirelessly

cesar para que no le faltara
de nada. Sin embargo, al cabo
de los años, la abuela María
tuvo que irse a Nueva York
por temas de negocios.
Athenea al principio no
entendía que se tuviera
que ir, y pensaba que la
había abandonado, hasta
que fue asimilando la nueva
situación. A pesar de ello,
la echaba mucho de menos
y se apenaba continuamente
por estar lejos de ella. Por eso,
la llamada de su yaya la había
aliviado y hoy Athenea estaba
muy feliz, porque sabía que la
tenía muy presente y por recibir
de ella su primera felicitación
de cumpleaños.
Seguidamente Athenea descolgó
el teléfono. Al girarse mientras
recordaba las palabras de la
abuela, vio una sombra negra
en la pared como si de una
criatura extraña se tratara.
Estaba aterrada y dijo con
voz entrecortada:

to ensure she lacked nothing.
However, as the years passed,
Grandma María had to move
to New York for business
purposes. At first, Athenea
didn't understand why she
had to leave and felt as though
she had been abandoned,
but gradually she came to
accept the new situation.
Despite this, she missed her
terribly and often felt sad
about being so far away
from her. That was why her
grandmother's call had been
such a relief, and today Athenea
was very happy because she
knew that she was still very
much in her grandmother's
thoughts and because she
had received her first
birthday greeting from her.
Athenea then replaced the
phone on its cradle. As she turned,
still reflecting on her grandmother's
words, she saw a dark shadow on
the wall, resembling some strange
creature. Terrified, she stammered:

—¿Hay alguien ahí?
—Somos nosotros, tus
padres— respondieron
Carmen y Pedro mientras
se acercaban a donde estaba
Athenea.
Athenea se sintió muy
aliviada al descubrir que
se trataba de sus padres,
pero en el fondo sabía que
lo que había visto era algo
diferente que nunca había
visto. A continuación,
se sentaron en el comedor
para desayunar crepes con
fresas y nata, el desayuno
preferido de la familia.
Luego, empezaron con
los preparativos de la fiesta.
Toda la decoración la habían
realizado a mano con bastante
antelación, dedicando tiempo
a ello los fines de semana
y con ayuda de algunos
amigos y amigas de la clase.
Además, elaboraron un
hermoso pastel la noche
anterior y varios aperitivos

"Is anyone there?"
"It's us, your parents,"
Carmen and Pedro replied
as they approached Athenea.
Athenea felt greatly relieved
to discover that it was just
her parents, but deep down,
she knew that what she
had seen was something
different, something she
had never seen before.
Afterwards, they all sat
down in the dining room
to enjoy a breakfast of
pancakes with strawberries
and cream, the family's
favourite. Then, they began
preparing for the party.
They had made all the
decorations by hand well
in advance, working on
them over the weekends
with help from some of her
friends from school.
They had also baked a
beautiful cake the night
before and prepared
various snacks

como sándwiches, tortilla, papas arrugadas, mojo, etc. La fiesta se iba a celebrar en el jardín, que era muy espacioso. En los alrededores tenían preciosas flores, como en un cuento de hadas, porque estaban en la época de la primavera y habían florecido recientemente. Con ayuda de sus padres decoraron con las flores de su propio jardín zonas de la fiesta, como el centro de la mesa, la guirnalda del cumpleaños, detalles para sus seres queridos… Todavía quedaban tareas por hacer y estaba resultando ser una mañana entretenida y ajetreada, pero la niña no podía parar de pensar en los regalos que le tendría preparados su familia. Entonces decidió preguntarle a su madre:

—Mamá, me gustaría preguntarte una cosa, ¿me podrías dar una pista de lo que me vas a regalar? —preguntó Athenea algo nerviosa

such as sandwiches, tortilla, *papas arrugadas*, *mojo*, and more. The party was to be held in the garden, which was quite spacious. Surrounding it were beautiful flowers, like something out of a fairy tale, as it was springtime and they had recently bloomed. With her parents' help, Athenea used flowers from their own garden to decorate areas of the party, such as the table centrepiece, the birthday garland, and little details for their loved ones. There were still tasks left to complete, and it was turning out to be a busy and eventful morning. However, the young girl couldn't stop thinking about the presents her family had prepared for her. Curiosity got the better of her, and she decided to ask her mother:

"Mum, I'd like to ask you something. Could you give me a hint about what you're going to give me?" Athenea asked, feeling both nervous

y emocionada a la vez, mientras colocaba las servilletas en la mesa.

—Ah, como es una sorpresa, no te adelantes a los acontecimientos. Esta tarde lo descubrirás. Lo único que te puedo decir es que te gustará mucho —respondió la madre mientras colocaba los platos.

—Venga ya, mamá… Sabes lo que he estado esperando todo este tiempo, espero que sea lo que he pedido, ya voy a ser mayor. Cuando he ido a los cumpleaños de mis amigas y amigos les han regalado eso que tú ya sabes, porque tienen ya diez años —dijo Athenea con voz alterada.

Carmen estuvo en silencio unos minutos y evitó seguir hablando del tema; no quería que se le escapara ni una sola palabra sobre lo que le tenía preparado. Pero sí se pudo hacer una idea de lo que quería

and excited as she arranged the napkins on the table.

"Oh, it's a surprise! Don't spoil it by asking too soon. You'll find out this afternoon. All I can say is that you'll love it," her mother replied as she placed the plates on the table.

"Come on, Mum… You know what I've been hoping for all this time. I really hope it's what I've been asking for—I'm nearly grown up now. When I've been to my friends' birthdays, they've been given that thing you know about because they're ten years old already," Athenea said, in an agitated voice.

Carmen remained silent for a few minutes, avoiding the topic altogether; she didn't want to let even a single word slip about what she had planned. However, she managed to build up a picture of what Athenea wanted

Athenea por su cumpleaños
y lo que pensó fue que quería
que aún disfrutara de su
infancia un poco más. Lo que
la niña deseaba era un móvil
o una Tablet; hoy en día casi
todos los niños y las niñas de
su edad disponían de ellos
y estaban conectados a todas
horas, porque les aportaban
muchos juegos y les permitían
ver series, vídeos o películas,
y llamar sin límites a sus
amistades. Ella quería saber
lo que era tener uno, ya que
en su clase todos y todas
presumían de disfrutar de
su dispositivo electrónico.
Pero por el momento siguieron
colocando las mesas, las
sillas y la cubertería, hasta
que llegaron los invitados e
invitadas, que iban tocando
al timbre de la puerta:
¡Ding Dong!

for her birthday, and her
thoughts turned to the hope
that her daughter would still
enjoy her childhood a little longer.
What the girl truly longed for
was a mobile phone or a tablet.
Nowadays, nearly all the
children her age had them
and were constantly connected,
as these devices provided
access to countless games,
allowed them to watch series,
videos, or films, and enabled
endless calls with friends.
She wanted to experience
what it was like to have one,
especially since her classmates
boasted about their electronic
gadgets.
For now, however, they
continued setting up the
tables, chairs, and cutlery,
until the guests began arriving,
ringing the doorbell:
Ding dong!

—¡Muchas felicidades, Athenea!
Sorprendieron a la cumpleañera
entrando en su casa.
Una vez que llegó todo el
mundo empezaron a comer
y disfrutar de la fiesta,
escuchar música y bailar
sin parar. Pasaron unas horas
y llegó el momento de la tarta
y de cantar el "Cumpleaños
feliz". Athenea estaba
ansiosa: mientras le
encendían las velas,
pensaba en su deseo,
el esperado móvil o tablet
como regalo de cumpleaños.
Sopló las velas y repartió
trozos de tarta a todos los
asistentes: amigos, amigas,
familiares, etc.
La tarta era de chocolate,
el sabor favorito de Athenea,
y estaba decorada con virutas
de colores, flores decorativas
comestibles, perlas y
corazones de golosina.

"Happy birthday, Athenea!"
They surprised the birthday
girl as they entered the house.
Once everyone had arrived,
they started to eat and enjoy
the party, listen to music and
dance without pause. After
a few hours, the time came
for the cake and to sing
"Happy Birthday."
Athenea was eager,
her mind focused on
her wish as the candles
were lit. She was hoping
for that mobile phone or
tablet as her birthday present.
She blew out the candles
and handed out slices
of cake to all the guests:
friends, family, and others.
It was chocolate cake,
Athenea's favourite flavour,
and was decorated with
colourful sprinkles,
edible flowers, sugar pearls,
and gummy hearts.

Después de la tarta llegó el
gran momento, el de recibir los
regalos y empezar a abrirlos.
Mientras se los entregaban,
ella no podía parar de pensar
en los de su familia. Le regalaron
muchas cosas: unos zapatos,
un pijama, una mochila, ropa,
etc. La familia, a continuación,
procedió a entregarle sus
regalos. El primero era un
juego de mesa; el segundo,
unas entradas para acudir a
una obra de teatro y, el último,
que era bastante grande,
empezó a desempaquetarlo y
eran… unos patines. No era
nada de lo que había imaginado
Athenea ni tan siquiera se
acercaba… Entonces le
empezó a cambiar la cara,
mientras todos la abrazaban,
le daban las felicidades y
algunos se iban yendo. Cuando
ya no quedaba nadie, la familia
empezó a recoger y limpiar.

After the cake, the long-awaited
moment arrived: the gifts
were given, and Athenea
began opening them.
As she received each one,
her thoughts were fixated
on the gifts from her family.
She was given many things:
shoes, pyjamas, a backpack,
clothes, and so on. Finally,
her family proceeded to give
her their presents. The first
was a board game, the second,
tickets to a theatre show,
and the last, which was
quite large, she eagerly
began to unwrap. It was…
roller skates. None of it was
what Athenea had imagined,
not even close. Her expression
changed as everyone
embraced her, wished her
a happy birthday, and began
to leave. Once everyone
had gone, the family began
cleaning up.

Athenea se quedó sentada en el sofá durante un rato con la cabeza baja, sin decir ni una palabra. La madre se acercó y le dijo:

—Athenea, ¿te encuentras bien?, ¿te pasa algo? Te noto muy extraña— le dijo muy preocupada.

A Athenea empezó a temblarle la voz y comenzaron a salirle unas cuantas lágrimas y exclamó:

—Solo… quería una cosa… deseaba un móvil. Mis amigas y mis amigos ya tienen uno y tengo diez años. Voy a ser el hazmerreír del colegio.

Athenea fue elevando la voz cada vez más y se podía oír ya por toda la casa. La niña estaba enfadada y decepcionada con su familia. Pedro y Carmen la intentaron calmar, pero estaba muy furiosa. Empezó a llorar sin parar y sin mirar los ojos a sus padres. Pero, aun así, ellos estuvieron a su lado para consolarla y le decían:

Athenea sat on the sofa for a while, her head down, without uttering a word. Her mother approached her.

"Athenea, are you alright? Is something wrong? You seem very upset," she asked, clearly concerned.

Athenea's voice began to tremble, and tears started to well up as she exclaimed, "I just… wanted one thing… I wanted a mobile phone. All my friends have one, and I'm ten years old now. I'm going to be the laughingstock at school."

Athenea's voice grew louder and louder until it echoed throughout the house. She was angry and disappointed with her family. Pedro and Carmen tried to calm her, but she was furious. She began to cry uncontrollably, avoiding eye contact with her parents. Yet, despite her anger, they stayed by her side to comfort her, saying:

—Athenea, sabes que nosotros queremos lo mejor para ti y consideramos que el móvil todavía puede esperar. Ahora necesitas disfrutar y jugar, pasar tiempo con nosotros, tu familia. Cuando lo consideremos oportuno, lo tendrás, pero ten paciencia, todo tiene su tiempo y su momento.

Athenea salió corriendo hacia su cuarto sin poder parar de llorar y cerró la puerta de su habitación tan fuerte que retumbó la habitación. Se acostó en la cama y, de repente,escuchó: ¡Toc Toc!

—Athenea, por favor, ¿podemos pasar? —preguntó la madre con incertidumbre mientras tocaba a la puerta.

—Sabemos que estás triste, pero queríamos darte un último regalo.

Athenea se levantó con los ojos como platos y decidió abrirles la puerta. Los padres

"Athenea, you know we only want what's best for you, and we think a mobile phone can wait for now. What you need is to enjoy yourself, play, and spend time with us—your family. When we think the time is right, you'll have one, but be patient; everything has its time and its moment."

Athenea ran to her room, tears still streaming down her face, and slammed the door so hard that the room shook. She collapsed onto her bed, when suddenly she heard: *Knock knock!*

"Athenea, please, can we come in?" her mother asked uncertainly as she knocked at the door. "We know you're feeling sad, but we wanted to give you one last gift."

Athenea, her eyes wide with curiosity, decided to open the door. Her parents

se sentaron junto a ella encima
de la cama y le dieron su
último regalo. Antes de abrirlo,
observó que había una nota
que decía: "Para que siempre
te acompañe, tu familia.
Te queremos mucho".
Athenea estaba eufórica y
empezó a romper el envoltorio
de papel a toda prisa. Había
una caja redonda con
corazones, la abrió y dentro
se encontró con un collar
dorado con una solapa. No
se trataba de un collar como
otro cualquiera; tenía una
pequeña nota que decía
"Ábreme". Ella lo abrió
y se encontró con una foto de
su familia: ella, mamá y papá.
Athenea todavía estaba triste,
pero sus padres le colocaron
el collar en el cuello y cada
uno le dio un beso en la frente
diciendo lo siguiente: "El tiempo
en familia, nunca lo olvides,
siempre será el mayor de
los tesoros".

sat beside her on the bed
and handed her the final gift.
Before opening it, she noticed
a note that read: "To always
be with you—your family.
We love you dearly."
Athenea was ecstatic
as she hurriedly tore off
the wrapping paper.
There was a round box
adorned with hearts.
She opened it and, inside,
she discovered a golden
necklace with a locket.
This was no ordinary necklace;
a small note inside read,
"Open me." She did,
and inside the locket
was a photo of her family:
herself, Mum, and Dad
Although Athenea was still
sad, her parents gently
placed the necklace around
her neck, each giving her a
kiss on the forehead as they
said, "Never forget, time
with family will always be
the greatest treasure of all."

Para
que siempre
te acompañe,
tu familia.
Te queremos mucho.

Carmen y Pedro salieron de
la habitación y la dejaron sola
para que reflexionara y para que
tuviese su espacio para pensar
en todo lo que había ocurrido.
Cuando se quedó sola, Athenea
se quitó el collar, lo observó y,
en un momento de ira, lo lanzó
contra el armario y, dijo: "Ojalá
nunca me lo hubiesen regalado".
En ese momento el collar cayó
al suelo y algo inusual ocurrió.
Empezó a desprender un gran
destello y todos los muebles de
la habitación comenzaron a
temblar. Parecía que el
mobiliario tuviera vida propia,
se fue apartando a un lado de
la pared y aparecieron en la
parte central de la habitación
tres grandes portales. Athenea
estaba asombrada, no sabía lo
que estaba pasando. Comenzó
a sentir que estaba en un sueño,
se frotó los ojos y volvió a mirar
nuevamente, porque había
visto algo peculiar: la sombra
que vio por la mañana cuando

Carmen and Pedro then left
the room, giving her space
to reflect and think about
everything that had happened.
Once she was alone,
Athenea took off the necklace,
gazed at it for a moment,
and, in a fit of anger,
threw it against the wardrobe,
exclaiming, "I wish they
had never given it to me."
As the necklace hit the floor,
something unusual occurred.
It began to emit a brilliant light,
and all the furniture in the
room started to tremble.
It seemed as if the furniture
had come to life, moving aside
to reveal three large portals
in the centre of the room.
Athenea was astonished; she
had no idea what was happening.
She began to feel as though
she were dreaming, rubbing
her eyes and looking again,
because she saw something
peculiar: the shadow she had
noticed earlier in the day when

aparecieron sus padres.
Sin creer lo que acababa de
suceder, pudo observar que
se trataba de un hada mágica.
Poco a poco fue siendo
consciente de lo que estaba
pasando y de que el tiempo
se había detenido por completo.
Se acercó hasta el hada,
que estaba en el suelo boca
abajo como si se hubiese caído
de algún sitio, hasta que se dio
cuenta de que su collar se había
convertido en este ser fantástico.
Athenea decidió cogerla con
delicadeza y acariciarla, porque
se sentía culpable de haber
lanzado su collar de esa forma
y causarle daño. El hada
empezó a brillar y pudo emitir
un sonido parecido al de un
arpa. Athenea se levantó
inmediatamente y la abrazó
como si la pudiera sanar.
Aquella preocupación que
sentía se transformó en
serenidad una vez que se
supo que el hada estaba bien.

her parents arrived.
Unbelieving of what had just
happened, she realised it
was a magical fairy.
Gradually, Athenea became
aware of what was happening
and that time had completely
stopped. She approached the
fairy, who was lying face down
on the floor as if she had
fallen from somewhere,
and then she realised that
her necklace had transformed
into this fantastical being.
Athenea gently picked her up
and caressed her, feeling
guilty for having thrown the
necklace and causing harm.
The fairy began to glow and
emitted a sound resembling
that of a harp. Athenea
immediately stood up and
hugged her, as if she could
heal her. The worry that had
weighed on her was replaced
by a sense of calm once she
knew the fairy was alright.

De repente, Athenea observó que el hada se había esfumado por arte de magia y se encontró encima de su cama una flor junto con una llave. Además, había una nota que decía lo siguiente: "Cuida esta flor que proviene de tu hermoso jardín, así recordarás cómo me atendiste cuando más lo necesitaba. Con esta llave podrás abrir cada portal que te guiará al camino por donde quieras ir. Recuerda cuidar aquello que amas". La nota se desvaneció y ella cogió la llave para empezar este nuevo desafío al que tenía que ser valiente para enfrentarse. Intentó abrir la primera puerta y tardó varios segundos hasta que la abrió. Con mucha incertidumbre, decidió afrontar la situación y entró. En este portal pudo contemplar qué habría ocurrido si le hubiesen regalado un móvil el día

Suddenly, Athenea realised that the fairy had vanished by some magical means, and she found a flower and a key on the bed. There was also a note that read: "Take care of this flower, which comes from your beautiful garden, so you'll remember how you cared for me when I needed it most. With this key, you can open each portal that will guide you on the path you wish to take. Remember to cherish what you love." The note disappeared, and she picked up the key to begin this new challenge, knowing she had to be brave enough to face it. She tried to open the first door, taking several seconds to do so. With much uncertainty, she decided to face the situation and stepped through the portal. In this portal, she could see what her life would have been like had she received a mobile phone

de su cumpleaños. Su vida
sería distinta, parecía más
triste e irritable. Estaría muy
enfocada en el uso del móvil,
lo usaría a todas horas incluso
para poder dormirse. Solo
querría jugar a videojuegos
y subir fotografías a las redes
sociales haciendo ver que tenía
una vida maravillosa que era
inexistente. Ya no saldría con
sus amigas como antes,
simplemente se limitaría a
chatear con ellas y comentar
fotos. Sus notas bajarían
notablemente, porque perdería
el interés en lo académico
y ya no le dedicaría el tiempo
necesario a estudiar. Las
comidas familiares se
volverían monótonas y
aburridas, porque no
conversarían en familia,
ya que su atención estaría
centrada en el uso del móvil.
Parecía que estaba absorbida
por un aparato tan pequeño,
porque ya no jugaría con

for her birthday. Her life would
be different, it seemed sadder,
more irritable. She would be
excessively focused on using
the mobile, constantly on it,
even to the point of relying
on it to fall asleep. She would
only want to play video games
and upload photos to social
media, pretending to have a
wonderful life that didn't exist.
She would no longer go out
with her friends as before,
limiting herself to chatting with
them and commenting on
photos. Her grades would
drop significantly, as she
would lose interest in her
studies, no longer dedicating
the necessary time to her
education. Family meals
would become monotonous
and boring, with no conversation,
as her attention would be entirely
consumed by the mobile.
It seemed as though she was
absorbed by such a small device,
neglecting her toys, which

sus juguetes, los guardaría
en una caja grande y se
llenarían de polvo. Athenea
pudo ver que estaba perdiendo
muchos momentos maravillosos
con sus seres queridos y que
estaba dejando de lado a lo
que más quería: su familia,
sus amistades, sus juguetes,
que eran parte de ella.
A continuación, el portal se
cerró y desapareció. Athenea
estaba algo aturdida y no
podía parar de pensar en
lo que había presenciado.
Seguidamente, abrió la
puerta del segundo portal
y pudo ver cómo sería su
futuro sin el uso del móvil,
ese regalo tan esperado.
Pudo contemplar que sus
amigas y amigos siempre
la avisarían para salir por
las tardes, que pasaría
disfrutando de diferentes
pasatiempos, como juegos
de mesa, manualidades, etc.
También, salían a montar en

would be stored away in
a large box, gathering dust.
Athenea realised that she
was missing out on many
wonderful moments with her
loved ones and was
abandoning what she
cherished most: her family,
her friends, her toys,
which were a part of her.
The portal then closed
and disappeared.
Athenea was somewhat
dazed and couldn't stop
thinking about what
she had witnessed. Next,
she opened the second
portal's door and saw what
her future would be like
without the mobile phone—the
gift she had so eagerly awaited.
She saw that her friends
would always invite her
out in the afternoons, where
they would enjoy various
pastimes together, like playing
board games, doing crafts,
and more. They would also ride

bicicleta y a llenarse de barro
en los días lluviosos mientras
conversaban y contaban historias.
Además, estaría más
concentrada en clase y sus
notas serían elevadas, le
dedicaría más tiempo a
estudiar y realizaría sus
tareas, siempre estaría
motivada y con ganas de
aprender. Asimismo, pudo
ver cómo su familia la
apoyaría y disfrutaría de
su compañía, y cómo su
vínculo familiar sería muy
fuerte y especial, porque
pasarían tiempo juntos
mientras comían, cocinaban,
cuidaban del jardín, etc.
En ese instante, Athenea
se dio cuenta de que el
amor por su familia era
infinito.
Cuando menos lo esperaba,
el portal se cerró y la llave
la condujo al último. En este,
pudo reflexionar sobre lo
que había visto en los

their bikes and get muddy
on rainy days while chatting
and sharing stories.
Furthermore, she would
be more focused in class,
her grades would be
excellent, and she would
dedicate more time to
studying and completing
her assignments, always
motivated and eager
to learn. She also saw
how her family would
support her and enjoy
her company, with their
family bond becoming
strong and special,
as they spent time
together eating, cooking,
gardening, and so on.
At that moment, Athenea
realised that her love
for her family was infinite.
When she least expected it,
the portal closed, and the
key led her to the final one.
Here, she reflected on
what she had seen in the

anteriores portales y vio que
una sombra se acercaba a ella
y se fue poco a poco aclarando,
hasta que se volvió nítida y
pudo contemplar a su querida
abuela. Athenea estaba
emocionada pudo sentir su
cálido abrazo, aunque sabía
que era una simple ilusión, y
escuchó las palabras de su
abuela diciendo lo siguiente:
"Quédate donde seas feliz
y guíate por tu corazón".
Tenía en sus manos la
oportunidad de cambiar
su destino, aunque sabía
que la decisión era difícil,
y no sabía si lo correcto o
lo que quería era dejarse
llevar por aquel regalo que
tanto deseaba o valorar los
momentos que había visto en
aquel portal donde contempló
una felicidad que no había
visto en el otro. Tardó unos
minutos en tomar la decisión
y tuvo en cuenta el consejo
de su querida abuela,

previous portals and noticed
a shadow approaching her,
gradually becoming clearer
until it was fully visible.
It was her beloved grandmother.
Athenea was overwhelmed
with emotion, feeling her
grandmother's warm embrace,
even though she knew it
was merely an illusion,
and she heard her
grandmother's words:
"Stay where you are
happiest and follow your heart."
In her hands, she held the
opportunity to change her
destiny, though she knew it
was a difficult decision.
She didn't know whether to
let herself be carried away
by the gift she had so desired
or to value the moments
she had seen in the portal
where she had witnessed a
feeling of happiness that was
absent in the other. After taking
a few minutes to decide, she
heeded her grandmother's advice

guiarse por su corazón. Gracias
a esta lección, Athenea deseó
volver a estar con su familia,
disfrutando de ellos como lo
había hecho hasta ahora.
Durante el tiempo que duró
esta experiencia, Athenea
valoró lo que le había ocurrido
y lo consideró una oportunidad
de ver su vida desde otras
perspectivas que le enseñaron
lo que verdaderamente quería
y necesitaba. Por ello la ayudó
a pensar en lo que le habían
dicho sus padres sobre el uso del
móvil: "Todo tiene su momento".
Se dio cuenta, en fin, del valor
que tiene el tiempo en familia
y de que no hay nada por lo
que merezca la pena cambiarlo.
El portal, inmediatamente,
emitió una potente luz que
dejó la habitación tal y como
estaba al principio Athenea
se encontró con el collar
puesto en su cuello y decidió
bajar al salón donde se
encontraban sus padres

to follow her heart. Thanks to
this lesson, Athenea wished
to return to her family, to enjoy
them as she had done before.
During this extraordinary
experience, Athenea had
come to appreciate what
had happened and regarded
it as an opportunity to view
her life from different
perspectives, which taught
her what she truly wanted
and needed. This helped
her to reflect on what her
parents had said about the
mobile phone: "There's a right
time for everything." She realised,
in the end, the value of time
with family and that nothing
was worth sacrificing it.
Immediately, the portal
emitted a powerful light,
restoring the room to how
it had been before. Athenea
found the necklace back
around her neck and
decided to go downstairs
to where her parents were,

para agradecerles lo especial
que había sido este cumpleaños,
y decirles lo afortunada que se
sentía de que no le hubiesen
regalado el móvil, porque se
había dado cuenta de lo feliz
que era sin él. Los padres se
llenaron de orgullo por la
reflexión y las palabras de
agradecimiento de su hija.
A continuación, le propusieron
a Athenea continuar la
celebración de su cumpleaños
yendo a un sitio sorpresa,
ya que todavía no había
terminado su día. Le dijeron
que debía vendarse los ojos
y así lo hizo. La subieron al
coche con cuidado y condujeron
hacia el destino esperado.
Athenea estaba nerviosa
y preguntaba constantemente
a dónde irían, intentaba
adivinar los posibles sitios.
Pero ninguno de ellos era
el lugar al que la conducían
sus padres. Ya no aguantaba
más el tener los ojos vendados,

to thank them for the special
birthday and to tell them how
fortunate she felt that they
hadn't given her the mobile
phone, as she had realised
how happy she was without it.
Her parents were filled with
pride at her reflection and
words of gratitude.
Then, they suggested
continuing her birthday
celebration by taking her
to a surprise location,
as her day was not yet over.
They told her to blindfold
herself, which she did.
They carefully helped her
into the car and drove to
the anticipated destination.
Athenea was nervous and
kept asking where they
were going, trying to guess
the possible places.
But none of her guesses
matched where her parents
were taking her. She couldn't
bear having her eyes
covered any longer,

pero tenía que ser paciente,
aunque no paraba de preguntar
lo siguiente:
—¿Falta mucho? ¿Cuánto queda?
—No mucho, Athenea, enseguida
llegamos— respondió su madre
con voz paciente.
Cuando menos lo esperaba,
ya habían llegado. El coche
se detuvo y los padres la
ayudaron a bajar muy
despacio. Guiándose por
las manos de sus padres fue
caminando con ellos hasta que
le dijeron que tenía que esperar.
En ese momento, le quitaron
la venda y pudo al fin abrir
los ojos… Tenía la vista
borrosa, hasta que pasaron
unos segundos y pudo ya ver
con claridad. Ahí estaba ella,
su querida abuela en frente
de su nieta en el aeropuerto.
Había viajado para encontrarse
con la familia. Se fundieron en
un gran abrazo, sin poder creer
que por fin estaban juntas.

but she had to be patient,
even though she kept asking:
"How much longer?
How far is it?"
"Not much longer, Athenea,
we'll be there soon,"
her mother replied patiently.
Before she knew it,
they had arrived. The car
stopped, and her parents
helped her out slowly.
Guided by her parents'
hands, she walked with
them until they told her
to wait. At that moment
they removed the blindfold,
and she finally opened
her eyes… Her vision was
blurred at first, but after a
few seconds, she could
see clearly. There she was,
her dear grandmother,
standing before her at the
airport. She had travelled to
be with the family. They embraced
warmly, unable to believe that
they were finally together.

Hacía años que no la veía
y para ella había sido el mejor
regalo que jamás pudiese
tener. La abuela María había
llegado para quedarse
definitivamente y así se
lo hizo saber a Athenea.
Para María el tiempo había
pasado muy deprisa, y ya
era muy mayor. Se había
dado cuenta de que su
prioridad había sido siempre
el trabajo, siempre dedicada
a ello desde que tenía
catorce años. Había tenido
diversos oficios como
costurera o dependienta,
e incluso montó su propia
empresa de cosmética,
con la que obtuvo grandes
ganancias.
Sin embargo, no era feliz,
no se sentía completa porque
le faltaba lo más importante:
el cariño de su familia.
Por eso, decidió vender su
empresa para estar junto a
ella. Todo este tiempo había

It had been years since
she had last seen her,
and for Athenea, it was
the best gift she could
have ever received.
Grandma María had come
to stay for good, and she
let Athenea know. For María,
time had passed so quickly,
and she was now quite old.
She realised that her priority
had always been work,
dedicated to it since she
was fourteen. She had
held various jobs, including
seamstress and shop
assistant, and had even
started her own cosmetics
company, which brought
her great financial success.
However, she wasn't happy;
she didn't feel complete
because she lacked the
most important thing:
the love of her family.
That's why she decided to
sell her business and be
with them. All this time,

visto cómo su nieta crecía
sin ella estar a su lado y que
se estaba perdiendo un
momento muy valioso que
jamás recuperaría. Juntas
habían aprendido, de una
manera u otra, el valor que
tiene el tiempo en familia,
que acabó siendo lo más
apreciado en sus vidas.

she had watched her
granddaughter grow up
without being by her s de and
knew she was missing out on
a precious time she would
never get back. Together,
in one way or another, they
had learned the value of
family time, which had become
the most cherished aspect
of their lives.

Los autores

About the Authors

Ariadna *Santana Fiérrez,* canaria de naturaleza, se dedica a la docencia desde el ámbito social. Durante su trayectoria profesional ha publicado varios artículos de investigación en diferentes congresos educativos. Su interés por la protección de la infancia ha sido la motivación para escribir el cuento *Cuidado con lo que deseas,* ganador de la XIII Edición de Cuentos Solidarios, su primer libro publicado. La autora cree que la literatura infantil es una herramienta muy eficaz para inculcar determinados valores básicos y aspectos fundamentales en el establecimiento de una conducta adecuada para la vida.

Kilian *González Cardona* es un ilustrador apasionado del diseño, la animación y cualquier vertiente artística en la que pueda hacer lo que más le gusta, crear. Como *freelance* ha hecho ilustraciones para algunos comercios, portadas de discos, encargos personalizados y proyectos personales, uno de ellos *Bereber y la fauna de Canarias,* un juego de mesa didáctico inspirado en la fauna endémica e invasora de Canarias. Sus objetivos son seguir ilustrando juegos de mesa, además de libros, series o videojuegos.

Bianca *Manuela Sandu* (Dra.) es Profesora Contratada Doctora en el Departamento de Lenguas Modernas, Traducción e Interpretación (Inglés) de la Universidad de Las Palmas de Gran Canaria (ULPGC), donde imparte cursos de lengua y cultura inglesa. Sus intereses de investigación actuales incluyen la motivación en el aprendizaje de lenguas extranjeras a través de programas de intervención basados en el Sistema Motivacional del Yo L2 y otras teorías motivacionales recientes con estudiantes universitarios y futuros docentes. También le apasiona e investiga la motivación del profesorado, el acercamiento de la motivación en el aprendizaje de lenguas a la acción social, la disponibilidad léxica y las redes semánticas, la atención a la diversidad en la educación bilingüe, y la autoeficacia de los futuros docentes. También participa activamente en varios proyectos de innovación educativa, entre los que se incluyen el aprendizaje-servicio, la microenseñanza a través de la realidad virtual y la integración de la inteligencia artificial en el aprendizaje del inglés.

A*riadna Santana Fiérrez,* born in the Canary Islands, is devoted to teaching within the social field. Throughout her professional career, she has published several research articles at various educational conferences. Her interest in child protection motivated her to write the story "Careful what you wish for," which won the XIII Edition of Solidarity Stories and is her first published book. The author believes that children's literature is a highly effective tool for instilling certain basic values and fundamental aspects which are crucial for appropriate behaviour building in life.

K*ilian González Cardona* is an illustrator with a profound passion for design, animation, and any artistic discipline that allows him to engage in his greatest passion: creation. As a freelance artist, he has produced illustrations for various businesses, album covers, custom work of arts, and personal projects, one of which is *Bereber y la fauna de Canarias,* an educational board game inspired by the endemic and invasive fauna of the Canary Islands. His aspirations include continuing to illustrate board games, as well as books, series, and video games.

B*ianca Manuela Sandu* (PhD) is Assistant Professor at the Department of Modern Languages, Translation and Interpreting (English) at the University of Las Palmas de Gran Canaria (ULPGC), where she teaches English language and cultural topics. Her current research interests include language learning motivation through intervention programmes based on the L2 Motivational Self System and other state-of-the-art motivational theories with undergraduates and pre-service teachers. Additionally, she is passionate about and conducts research in teacher motivation, language learning motivation research and social action, lexical availability and semantic networks, attention to diversity in bilingual education, and pre-service teachers' self-efficacy. She is also actively engaged in various educational innovation projects, including Service-Learning, microteaching through virtual reality, and the integration of artificial intelligence in English language learning.